新雅兒童成長故事集

# 老爸的神秘地下室

東瑞 著

新雅文化事業有限公司

www.sunya.com.hk

新雅兒童成長故事集

# 老爸的神秘地下室

作　　者：東瑞
繪　　圖：美心
策　　劃：甄艷慈
責任編輯：曹文姬
美術設計：李成宇
出　　版：新雅文化事業有限公司
　　　　　香港英皇道 499 號北角工業大廈 18 樓
　　　　　電話：(852) 2138 7998
　　　　　傳真：(852) 2597 4003
　　　　　網址：http://www.sunya.com.hk
　　　　　電郵：marketing@sunya.com.hk
發　　行：香港聯合書刊物流有限公司
　　　　　香港新界大埔汀麗路 36 號中華商務印刷大廈 3 字樓
　　　　　電話：(852) 2150 2100
　　　　　傳真：(852) 2407 3062
　　　　　電郵：info@suplogistics.com.hk
印　　刷：中華商務彩色印刷有限公司
　　　　　香港新界大埔汀麗路 36 號
版　　次：二〇一五年七月初版
　　　　　10 9 8 7 6 5 4 3 2 / 2017

ISBN: 978-962-08-6381-3
© 2015 Sun Ya Publications (HK) Ltd.
18/F, North Point Industrial Building, 499 King's Road, Hong Kong
Published and printed in Hong Kong.

# 目錄

# 成長路上

阿濃

　　各位小朋友，你們這個人生階段，最重要的事情是什麼，你們知道嗎？

　　答案是：成長。

　　你們大概沒有看過養蠶，蠶兒在結繭之前有四次休眠，在這四次休眠之間，牠們只是不停的吃。一大筐桑葉倒下去，牠們就努力的吃吃吃，幾千條蠶兒同時吃桑葉，發出的聲音好像下大雨一般。牠們這般努力的吃，就是為了完成一個成長過程。牠們的努力使我感動，但牠們不知道牠們未來的命運卻又使我感到悲哀。

　　我參觀過雞場和鴿場，成千上萬的食用家禽困居在一個個狹小的空間裏，憑自動供應的飼料和水按日成長，到了規定的日子，被推出市場或屠宰場。

短促的無意義的生命使我為這種安排感到遺憾。更不幸的是有一種飼養方法叫填鴨，要把過量的飼料塞進牠們的喉管，人工地製造一種被吃的鮮美肉質。

電視上看過一種養鴨方法，看上去比較人道。養鴨人手持一根長竿，把一羣幼鴨從家鄉帶上路，經過一些河流和池塘，鴨子自己覓食，一天天成長。最後到了預定的目的地，牠們已經適合送進肉食市場。趕鴨人連飼料也省下，鴨的旅程比較快樂，只是結局同樣無奈。

人的成長過程完全是另一回事，成長的目標之一，是能發展為一獨立個體，能夠控制自己的生命，度過有意義的一生。這有意義的一生包括相愛、歡樂、創造和奉獻。無比的豐盛，美麗又富足。

人的成長可分為身體成長和心靈成長兩部分，兩部分同樣重要。家長、老師、政府都應該關心下一代的健康成長，供應他們最健康的食物，提供鍛

煉身體的適當設備，讓他們接受從低到高的完整教育。這是基本，不應忽略但長被忽略的卻是心靈的健康成長。我們看到有人搶購認為值得信賴的奶粉，卻沒有人搶購精神食糧的書籍。

古人已注意到心靈成長的重要，孟子的母親搬了三次家，就是想找到一處良好的環境，有利於孩子的心靈健康成長。

影響心靈成長的因素很多，首先是家庭，父母的教導和本身的行為都深深影響孩子。跟着是學校，學校的風氣，老師的薰陶，同學的表現，對兒童及青少年心靈的成長有決定性的作用。隨後是社會，政府的管治理念，公民質素，文化水平，影響着每家每戶每個個體的靈魂風貌，整體格調。

其實有一樣能兼任父母、老師、政府的教化工作，影響人類心靈至深至巨，曾經很難得，現在很普遍的物件，它就是書籍。從前有少數人出身於世

代都是讀書人的家庭，稱之為「書香世代」。如今教育普遍，圖書館林立，網上資訊豐富，要接觸書籍絕無難度。只是少年朋友的選擇能力還未足夠，他們需要有經驗的出版家和作家為他們製作有助心靈成長的書籍。

香港最專業的少年兒童出版社，新雅文化事業有限公司，擔負起這個重要的任務，有計劃的製作一個成長系列。邀請城中高質素的兒童文學作家，為他們寫書。做到故事生活化，讀來親切；觀念時代化，絕不落伍；情節動人，文字有趣。編輯部又加工打造，讓故事兼備思想啟發和語文學習功能。孩子們將會獲得一套伴隨心靈成長的好書了。

**阿濃**

原名朱溥生，教師，作家。曾任香港兒童文藝協會會長。五度被選為中學生最喜愛作家。曾獲香港兒童文學雙年獎，冰心兒童文學獎。香港教育學院第一屆榮譽院士。

# 小梅是誰

小梅到底是誰呢？

一個星期前，我偶然打了一次電話。我原是想打給六七年前曾經在同一家幼稚園的小莉，沒想到電話撥錯了。

我問：「小莉在家嗎？」

接電話的是一個聲音沙啞的老人。他接到我的電話，聽到我的聲音，似乎等待了很久似的，興奮地說：「啊！你是小梅！」

我搖搖頭，忙加以否認說：「我不

8

是！」

「你是！你是小梅！」

「我真的不是小梅！」我沒見過那樣不講道理的人，有些不悅地放下電話，「我不是！」

媽媽坐在沙發上，見到我有些氣憤的樣子，勸我說：「你跟長輩說話要客氣一點，不可以那樣大聲！」

我說：「我不是小梅，他硬說我是。」

第二天，我不服氣，估計可能是我撥錯了，又打了一次電話，沒想到還是昨天

那個老人接的，他無限驚喜地說：「小梅，我知道你一定還會再打來的。你肯定是小梅，不會錯的了，要不然你不會再打來的。小梅，你能回家看爺爺一下嗎，爺爺好想念你呀。」

我本來想像昨天那樣大聲地喝斥他，可是記住媽媽的囑咐，又聽到他說「想念」的話，不忍心粗粗地回話，只好靜靜地傾聽，細聲地否認：「我不是小梅。可能只是聲音有點像吧！」

「你一定是，是的！不然不會打給我！你就是小梅！你也想我，才會打電話來看看我的情況。可是你不肯公開

原諒我，也不肯承認！我這個爺爺脾氣不
好，害得你和你媽都不要我！」老人在電
話那頭滔滔不絕說個沒完，嘶啞的聲線帶
着陣陣低泣，令人不能不動容，安慰他幾
句。

　　「爺爺，小梅現在在哪裏呢？」

　　「小梅，你不要折磨我了，我怎麼知
道你在哪裏呢？回來吧。」

　　我慢慢把電話放下來，媽媽看着我，
覺得事非尋常，就問了到底是怎麼回事，
我把經過從頭到尾說給媽媽聽，媽媽聽了
若有所思，把紙片上的幼稚園同學小莉的
電話看了看，開始問我：「你這電話從哪

裏來的？」

「朋友給我的。」

「是你記錄的吧。我看不是你聽錯、記錯，就是朋友給錯了。所以你兩次都撥錯，打到老爺爺那裏去。」媽媽説，「這還不容易，誰給你的電話號碼，你就再打給她核對一次。」

我馬上打給提供小莉電話號碼給我的小萍，再核對一次，果然，是我寫錯了其中一個數字。我大喜若狂，馬上再打給六年前同在一家幼稚園的小莉。彼此約定下個周末見面。

媽媽見狀，大笑道：「其實很多事

12

情，很簡單，只是我們不會變通而已。」

我說：「那麼，那個找小梅的老人，怎麼辦？我們不理睬他了吧？」

媽媽沉思了好一會，突然笑笑，半開玩地說道：「老人認你是他的孫女小梅，你就扮演小梅的角色吧！」

我惶惑地看看媽媽，又望望電話，彷彿看到在遙遠的地方有張愁苦、蒼老、哭泣、等待的臉孔。我的同情心被激發出來，不知怎麼的，手兒顫抖著伸向電話，情不自禁地又撥了先前那個錯誤的電話，還沒出聲，那頭已經是一種迫不及待、驚喜萬分的回應了：「小梅，小梅，你能回家一

趟嗎？你就不可憐我這垂死的老人了嗎？
我在這個世上也沒有多少日子了⋯⋯」
我靜靜地把電話遞給媽媽。另外抓起房間
裏的電話聽。媽媽聽着老人的斷斷續續的
嘮叨和傾訴：「小梅⋯⋯小梅，你和媽媽
都好嗎，能來一趟嗎，我好想你們啊⋯⋯」

我聽到媽媽如此這般地
在電話裏安慰那個老人：
「您告訴我們地址，我們
就來，就來⋯⋯」電話那
頭的老人，驚喜地說問：
「你說我們嗎？那是你和
小梅？」媽以肯定的口氣

14

回答説：「是的，是我和小
梅！」老人幾乎興奮地失聲
道：「真的？什麼時候啊？」
媽媽沉思了好一會，説：「那
就下個星期天吧。」老人接着就
斷斷續續地説出了他居住的一個位址。那
是在一個屋邨、元朗老區的一條老街。

　　我從房間走出來，問媽媽：「媽媽，
你真的要去探望他？」

　　媽媽説：「是的，我們去看看他吧。」

　　我説：「我們去探望一個素不相識的
老人？」

　　媽媽説：「他堅決地認為你是小梅，

你不覺得好奇嗎？」

我說：「同名同姓的人很多，可能老人的孫女也叫小梅……」

媽媽說：「不管是認識不認識，我覺得老人好可憐……」

我說：「媽媽，你不怕騙子騙人嗎？」

媽媽猶豫了一下，道：「嗯，當然我們也不要麻痺大意，不過也不好風聲鶴唳呀，畢竟我們這個世界壞人還是極少數的！」

我想想，媽媽說的也有一定道理呀！我們去看一看，究竟是怎麼回事？也是好應該的！為什麼老人堅持說我是

小梅呢？而且希望我們去看他？小梅究竟是誰呢？

星期天，我們一早就搭車到元朗。到了那兒，才知道那是接近鄉村的屋子，多是兩層的村屋，範圍不小，走得我們很快迷失了。儘管知道號碼，但號碼也不太規則，我們在巷子裏團團轉了很久，不見一個人影，心裏難免開始着急起來。正彷徨不知所措的時候，突然，遇到一位看上去約莫有六十來歲的婦人，正在她的院子裏曬被子，我們敲了敲她的籬笆門，她走到竹籬笆門口，問：「你們找誰？」

媽媽回答：「這個村，有住着一位

17

叫……老人的嗎？」

老婦說：「這兒百分之七十住着的都是老人啊！他叫什麼名呢？」

這時，我們才驚覺，在與老人多次的電話交往中，竟然忘了問他的姓名！我們從那麼遠的市區來到新界，如果這一條線斷了，豈不可惜呀！這時，我突然想到小梅這個重要角色，就對老婦說：「這位老爺爺有個孫女叫小梅。」

老婦恍然大悟，說道：「你們怎麼不早說？」她搖了搖頭，大大地歎息了一聲，指了指隔壁說，「他就住在那裏。」

我望了望隔鄰，那是只隔了一條小巷

的村屋。

媽媽問：「老爺爺自己一個人住嗎？那他的孫女呢？」婦人搖搖頭又歎息了一下：「老爺爺原來有個出嫁的女兒，好幾年前病故。外孫女就由他們兩公婆撫養。大約半年前，老爺爺的老伴和小孫女小梅入城，在城裏又遇到車禍雙雙去世，老爺爺本來就有病，無法接受這突來事故的打擊，思念成癡，有些失常，他無法照顧自己，三餐都是靠社會福利署安排的家庭助理解決。」

啊！我和媽媽都吃了一驚。我們把來這兒的情況一五一十地說了。老婦點點頭

說：「那你們快上去吧，不不，要不這樣，我陪你們去看他。」接着由她引路，我們穿過小巷，進入隔鄰的院子，爬上樓梯，老婦敲了敲老人的屋門。「誰——呀？」屋內傳出了沙啞的聲音，伴隨了一陣咳嗽。

「你不是想小梅嗎？小梅和她媽媽探望你來啦！」接着是「悉悉索索」的開門聲。老人一臉黃黃的病容，眼袋塌拉浮腫，臉頰瘦削，頭額上的皺紋非常多。每一條都好長好深，好像縮小了的地圖上的那些河流的支流。他的眼睛灰蒙暗淡而無神，無數血絲布滿在眼白上，牙齒幾乎全掉光了，張嘴時只看到兩三顆牙齒。

20

身上的衣服骯髒，有幾處破了。他那雙手
伸出來時，顫抖個不停，令我不敢接近。
他往我和媽媽臉上胡亂摸索時，我們更是
嚇了一跳，仔細看，我們這時才發現老人
眼睛是瞎的。但他有第六感似的，雙手終

於還是緊緊抓住了我的手臂，我又驚又可憐他，就讓他慢慢拉着我的手在一張陳舊破爛的沙發上坐下來。老人說：「你就是小梅，我想你們想得好苦啊——」他顫抖着聲音，一大顆一大顆眼淚籨籨流經面頰往衣襟上滴落。我們呆了好一會，說了安慰他的話，他硬是不讓我們走。大約每隔五分鐘，他又重複先前那句話——

「你就是小梅！我想你們想得好苦啊——」

老人臉上的皺紋像阡陌一樣縱橫，此時稍微舒展開來，他歡樂的表情彷彿看得見我們似的。我們坐了一個多小

時，老人要求我們再來看他。我們告辭時，他抓住我的手不肯放，我們答應他過幾天再來看他。

鄰居老婦告訴我們老人有病。我們在那三個月中探望他十七八次，一直到他被送進醫院。媽媽像服侍自己的父親那樣天天到醫院照顧他，他臨終那天還緊緊抓住我的手。老婦後來對我說，我們探望他，至少使他的生命延長了一個月。

我做了一次小梅。

# 今晚好月色

　　月色如水，照射在陳家窗口上。距離中秋還有大半月，附近的雜貨店、超級市場就張燈結彩了，售賣不少五顏六色、形狀各異的燈籠。街上洋溢着節日的氣氛，行人特別多。日子越是接近中秋，天氣也就一天比一天涼了。

　　雪穎和弟弟小偉都期盼中秋那晚，爸爸和媽媽能陪他們到那陸上「黃埔號」吃一餐團年飯。不過，見到爸爸一個多星期以來，每天都從公司抱一大堆東西回家，

一臉的疲沓和嚴肅，他們不敢把這小小的願望告知。

這一晚爸爸打電話回來給媽媽，說在公司整理東西，會遲一點回家，讓她和小姐弟先吃完飯。姐弟倆對父親做了種種猜度。

「我看爸爸好奇怪，最近好像有什麼事？臉上沒有一點笑容！」小偉說。

「可能是加班累的。」雪穎說，「我們不要去煩他。」

「對，你們懂事、乖，不要煩他，慢

慢觀察爸爸，也關心爸爸啊。」媽媽說。

雪穎問：「媽，爸爸有跟你說什麼沒有？」

媽媽搖搖頭：「沒有啊。」小偉說：「爸爸每天都帶回不少東西。」

雪穎說：「我們以為他要加班，可是他吃了飯，看電視一會，就去沖涼，沖完涼他就一言不發，上牀睡覺了。從不見他在家裏加班。」

媽媽說：「爸爸以前說過，在公司坐在卡位，地方狹小，也許他自己的東西放

不下，就搬回來一些。」

小偉追問下去：「媽媽，你怎麼知道？」

媽媽說：「他帶回的都是自己的參考資料和工具書啊。」

小偉說：「那不是更奇怪嗎，照說這些他都要用到的呀。」

媽媽給問得沒辦法，也就沒有回答他。

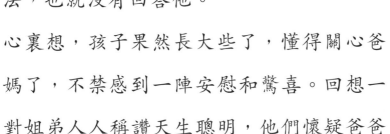

心裏想，孩子果然長大些了，懂得關心爸媽了，不禁感到一陣安慰和驚喜。回想一對姐弟人人稱讚天生聰明，他們懷疑爸爸

最近的舉止，必然有什麼根據吧。於是她把雪穎和小偉叫過來，問：「你們說說，爸爸會有什麼事呢？」

小偉搖搖頭：「我們也不知道啊。」

雪穎說：「反正爸爸最近的表現和以前大大不同。」

媽媽問：「比如什麼？」

雪穎說：「以前爸爸下班有說有笑的，最近繃着臉。」小偉補充地說：「對！對！以前爸爸沖涼，一邊沖，一邊吹口哨，現在也沒有了，只有水龍頭灑水的聲音。」

媽媽聽了哈哈大笑，搖搖頭又點點頭，讚揚他們道：「你們都可以做偵探了，連

爸爸生活細節那樣微小的變化，都逃不過你們的眼睛和耳朵！好！我找機會問問爸爸。」

一個晚上，雪穎小偉姐弟倆都睡了，爸爸沖完涼，走進房間，媽媽趕緊也跟了進去。她問剛剛躺下來的爸爸：「兩個孩子很關心你，問你最近在公司發生了什麼事？」

爸爸臉上掠過了一種好似很驚訝的表情，說：「沒有呀。他們怎麼會那麼想呢？」媽媽想了一會，就把孩子們的那些比較和發現，詳詳細細、有枝有葉、一五一十地講給爸爸聽。

爸爸聽了，不斷地笑，不斷地點點頭說：「聰明！聰明！大概看推理小說多了吧！」爸爸頓了一頓，又說：「但實在是什麼事也沒有啦！」

媽媽仍是不相信地說：「你別瞞我。」

爸爸笑道：「我什麼時候瞞過你？睡吧！中秋節還有幾天，我們明晚一起帶孩子上街，給他們買中秋禮物吧！」

媽媽輕輕地在爸爸身邊躺下來，望着天花板發呆，心中的疑慮始終沒有消除：為什麼突然要買禮物？無數個中秋就那樣平靜地度過，爸爸從來沒有買禮物的習慣。只有在孩子一年一度的生日時，他和媽媽

商量之後，才買禮物給孩子。這個不同的表現和做法，令她也跟孩子懷疑起爸爸來，也許是真的，爸爸出了什麼事？

中秋節那晚，爸媽預定了黃埔號上的酒樓四人位，就當是慶祝中秋節。華燈初上，一家人很早就出門了。

蔚藍色的夜空，一輪月亮又大又圓，俯望人間。

附近的公園，一片歡樂氣氛，那裏有中秋花燈比賽、給愛好者特別籌備的有獎猜燈謎遊戲，還有一個小型的菊花展覽。來散心、遊覽、參觀的人很多，有些年輕的媽媽，還推着睡着嬰兒的小車，來到公

園裏。

公園的籬笆上都圍繞了一圈彩燈。公園中心，市政專門讓人用紙和竹子紮了很大的綿羊，用諧音，掛着「『羊』洋得意」四個彩色字，那是用彩色小燈組成的，而綿羊維肖維妙，栩栩如生，嬌憨可愛。

爸爸説：「我們先到附近商場

走走。買禮物給穎穎和偉偉呀！」

雪穎和小偉面面相覷，感到很奇怪。爸爸有點反常，到底是怎麼啦？

在路上，爸爸問：「雪穎，你要什麼禮物？」

雪穎說：「就買新書包吧！」爸爸回應道：「好！」

爸爸又問小偉：「小偉，那你想要什麼禮物呢？」

小偉反問：「想要什麼都可以給買嗎？」

爸爸以斬釘截鐵的口氣道：「對，都買給你們！」

小偉在爸爸身邊蹦蹦跳跳，非常高興

34

地說：「我要買整套新雅出版的《香港兒童文學名家精選》！不打折一套要五百多元！」

爸爸說：「沒問題！統統給你們買！」

雪穎和小偉對於爸爸的爽快和慷慨都心存疑慮，過去的爸爸一向比媽媽「鐵公雞」，什麼也捨不得買，怎麼如今變了一個樣？媽媽到這時，也不能不懷疑了，難道爸爸這幾天突然中了六合彩？大發慈悲？但看樣子又不太像呀。

一家人到了一家非常大的文具店，趁兩個孩子在看架子上的書時沒在意，媽媽把爸爸拉到門口一邊，悄悄地問：「你是

怎麼啦？好像變了一個人？你以前都沒主動買過什麼給孩子們。」

爸爸大笑起來：「啊呀，你們懷疑這懷疑那的，我改變一下在孩子們心目中的形象不行嗎？」媽媽見爸爸一副老頑童的形象，也就搖搖頭，沒再多說，只是拋下一句：「我就不相信沒發生什麼事！」

爸爸為雪穎和小偉買了一個書包和一套《香港兒童文學名家精選》。一家人歡歡喜喜地到黃埔號上的酒樓去。

吃飯前，媽媽與雪穎、小偉聯名寫了張賀卡給爸爸，祝福爸爸中秋節快樂，身體健康！爸爸對大家笑了笑，說「我也有

給你們的！」這時，沉默寡言的他，從口袋裏掏出一張賀卡，遞給雪穎，她打開，讀着賀卡上的大字——

*祝媽媽、雪穎、小偉中秋節快樂！*

爸爸説：「讀下去！」原來下面還有一些小字。雪穎讀了下去：

這些日子讓你們擔心了！謝謝你們對爸爸的關懷！爸爸的一舉一動都逃不過你們的眼睛！可是為了一家人不要為我擔心，我只好先瞞着你們。爸爸早在半個月前被裁員了，那些陸續搬回來的東西就是因為要離開公司，需要清理乾淨。

　　我擔心太早告訴你們會影響你們的情緒。慷慨地為雪穎和小偉買禮物，也是一種給你們信心、我們生活不會受影響的舉動，沒想到反而引起你們的懷疑。

　　呵呵，爸爸倒沒想到，真是抱歉！今天下午，爸爸的應徵和面試有消息了，明天就到新公司上班。

小穎讀完，覺得眼眶濕了，爸爸見到媽媽、小偉眼中也已經滿是淚。

# 初春的夜晚

「哇！考那麼多內容！叫我們怎樣溫習呀！」下午四點多光景，華仔一回家，就將書包往沙發一扔，走進自己的房間，爬上碌架牀的上層，躺了下去。他長長地歎息，好似相當疲倦，分外懊惱。

妹妹小他好幾歲，剛剛升上小

一。華仔俯望在做作業的萍妹，說：「你就好啦，課文那麼短，生字那麼少！不像我們每一門都好難！唉！」

媽媽正好從門口走過，在門口站住說：「華仔，話不能那麼說，妹妹年齡那麼小，小你好幾歲啦！課文當然就簡單一點啦！」

「媽！考試那麼難，我這次肯定又要好幾門不及格了！」華仔想起了上次的考試，好幾門不合格，就有些灰心喪氣。

媽媽安慰他：「你還沒盡力，就放棄了，那是不行的！再說你的問題主要是英文基礎較差，你的中文不是挺好的

嗎，上次的總平均還拿到 91 分哩！」

　　華仔被媽媽這樣一鼓勵，頓時有點信心，但他嘴巴上說的卻是另一種話：「讀書那麼辛苦，我真不想讀了，還是到公司幫你們吧！你們每個月給我多一點零用錢就可以了，不用出糧。呵呵！」媽媽呵斥道：「我們公司不請小孩子，要的都是大學畢業生！」見兒子說話有點玩世不恭，媽媽不免有些不放心起來。

　　晚上，妹妹做完功課，按照一家人協議訂出的規定，完成功課，可以打約半小時的遊戲機，沒想到華仔還沒溫習好，手癢癢的，在妹妹打完後就也玩起來，媽媽

看見，很不高興，華仔見狀，打了一回，心情不好地躺下來睡覺了。

第二天是星期六，學生不用上課。本來下午四點後，太陽沒那麼熱了，媽媽想帶他們到附近的海心亭公園玩玩的。新近裝修擴建的海心亭公園今非昔比，不但樹木增加，濃蔭處處，而且正值春季來臨，百花開得燦爛熱烈。他們一家都愛攝影，可以拍到不少美麗的花卉照片啊。但是一屋子找遍了，就是不見華仔的人影。華仔不知到哪裏去了。

媽媽問：「小萍，你和哥哥在同一間房間，不知道哥哥到哪裏嗎？」

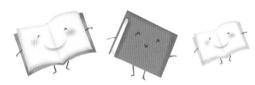

萍妹説：「我不知道呀！」

爸爸搖搖頭道：「這孩子，老讓我們擔心。」

媽媽問：「你看他會到哪裏去呢？」

爸爸沉思了一會，説：「以前我有時到餐廳看書看報紙，華仔就喜歡跟着我到餐廳看漫畫書或做作業，會不會也到那裏去？」

萍妹説：「哥哥以前做完功課，跟我説，他會到街市的圖書館去！」

媽媽頭都大了，再過四天就是考試的日子，可是華仔的表現實在令人擔憂啊。公園肯定是去不成了，他們決定去把哥哥

找回來，順便「探查」他究竟去了哪裏？在那裏幹什麼？

　　爸爸笑了起來：「我們靜悄悄地做一次偵探。」

　　萍妹聽了感到很刺激，説：「我也要做偵探。」

　　媽媽説：「你要好好讀書，鍛煉推理能力才行，做偵探也需要豐富的知識呢！」

　　爸爸媽媽和萍妹馬上出門。他們先到以前爸爸和華仔經常去的「M」記餐廳，

看看華仔在不在那裏？不在，他們又到附近街市六樓的圖書館找，找遍了，都不見華仔。

他們又進到附近大馬路轉角的一家最大的文具店找華仔，那裏常有最新運到的遊戲機碟子，華仔喜歡到那裏看看。可是三個人分頭走遍了，仔細觀察一張張青春的臉，都不是華仔！既感到失望也感到慶幸！

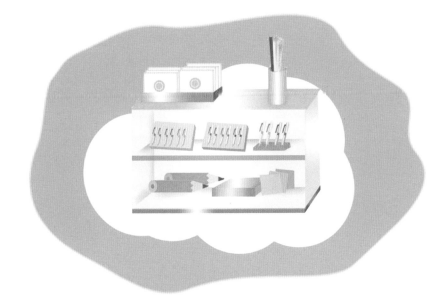

華仔，你究竟到哪兒去了？

天色開始暗淡下來。許多高樓大廈的窗口都亮出了溫馨的渾黃色燈光。初春的夜晚，雖然天氣開始暖了，可是畢竟還是有些寒意，想到了華仔一向不太注意衣着的冷暖，媽媽不禁有些着急和擔憂起來。眼中滿含了淚。

他們又到樓下大商場尋找華仔，

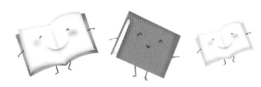

也沒有他的影子。一家人站在商場中央，皺起眉頭。

爸爸見一臉着急的媽媽，說：「我們不要洩氣，再好好想一下，華仔平時還會去什麼地方？」

萍妹突然靈機一動，想到了一個地方，說：「哥哥以前曾經帶我到一家青少年中心看書，會不會在那裏呢？」

他們趕到那裏，將閱覽室、圖書角、乒乓室、溫課室、電腦室都走了一遍，都沒有收穫，感到非常失望。

他們這時又在青少年中心外的小路上商量該怎麼辦？媽媽說：「我們要不要報

警？」爸爸不同意道：「我們還沒有找遍他常去的地方，而且他『失蹤』也才不過一個多小時。現在馬上報警，似乎顯得有點小題大作吧？」

萍妹說：「爸爸，你再想想，還有哪些地方，爸爸帶過哥哥去過的？」爸爸想了很久，突然想到了：「對了！確實還有一個小公園，我們還沒去找！」

「我們去吧！也許他在那裏呢。」媽媽不放過任何機會。媽媽邊走邊想到了華仔平時的懶惰。小學一二年級時，手冊上寫了今天有七樣作業，他居然用塗改液將「七」改為「五」，減少兩種。這

一次考試的科目，也多達七種，他又有一些為難情緒，不知會不會自暴自棄，去一些不好的地方玩？越想越覺得不對，於是擔心的情緒也越發嚴重起來了！爸爸看到她眼中含淚，安慰她道：「你不要那麼緊張，華仔不會有事的，平時他除了懶惰，也沒有什麼不好的習慣……」

他們走着走着，媽媽問：「你怎麼知道他來過這小公園？」

爸爸笑道：「那是好多年的事了！那一次我參加『我最難忘的』徵文比賽，參賽稿件的草稿就是在那公園的小亭子完成的，那三天華仔都跟着我到那小公園的亭

子裏温習功課和做作業。」

妹妹聽了感到很新鮮，說道：「原來爸爸和哥哥還有這樣的故事，我們都還不知道呢！」媽媽說：「希望他這次也在這小公園的小亭子溫習！」

走了幾分鐘，小公園原來不遠呢。他們遠遠地就看到那公園雖然小，但林木密植，綠意蔥蘢，不少亭子隱蔽在濃密的樹木叢中，環境的確幽靜極了。見到那樣的情景，爸爸、媽媽和萍妹三人商議了「偵查」的不同「方向」，慢慢逼近「目標」，不要被發覺。

他們分別從不同方向尋找。突

然，媽媽就在一棵大樹後面，似乎看到華仔的影子在一個有桌有椅的小亭裏晃動，決計暫時先不要驚動他，要看兒子究竟在做什麼。沒錯，那人果然是華仔。但見他的枱面堆滿了課本和筆記，華仔手上捧着一本語文課本，合起來，雙眼緊閉，口中唸唸有詞，學着古人作詩時搖頭擺腦，顯然在背誦某些詩詞，當他背不出來時，就睜開一隻眼往課本偷看幾秒鐘，自己做了一下怪臉，又繼續背下去。背完，為了核對自己到底背得對不對，捧起書本，又慢慢地將那篇課文從頭慢慢讀一遍，最後，發現自己背得全對，他就滑稽地歪着上半

身，用手掌將自己的屁股拍了一下，讚揚自己似的歎道：「怎麼背得那麼好！怎麼背得那麼好！」

找兒子找了快兩小時了，他必然也在這裏溫習了也快兩小時吧！看着兒子那樣積極地為考試而溫習，動作又是那麼好笑，媽媽激動得眼眶都濕了！她靜悄悄地離去，將爸爸和萍妹都帶過來。他們來到時，大樹後那張桌後的華仔依然沒有發覺，還是如同先前那樣搖頭擺腦地背誦詩詞。爸爸、小萍、媽媽面面相覷，內心都不約而同地感到一陣激動。媽媽原來的擔心此刻轉化為心疼，真怕華仔累壞了身

體，何況天色開始黑了，他們決定和華仔
一起回家。

「回家吃飯了！」媽媽大聲說。三個
人為華仔鼓起掌來。

華仔看到面前大樹兩側，露出三張親切可愛的家人的臉，一時很驚喜。他一邊收拾書本文具，一邊為前一段時間對媽媽惡作劇、說要放棄學習的玩笑感到歉意。

　　學期末派成績表，華仔語文成績全班最優，其他科都是合格而已。雖然是及格而已，但媽媽看到成績表比起以前已經算有很大的進步，讚他道：「不錯，你已經盡力了，從不合格到合格，就是一種進步！凡事我們只要盡了力，就問心無愧！再努力，一定可以更好的！」

　　當晚，他們一家到外面餐廳一起吃飯，慶祝華仔學業的進步。

# 一對孖公仔

　　達林和雪英兄妹倆家裏有一對孖公仔——可愛又可厭的爺爺和嫲嫲！

　　爺爺差一歲就是八十歲，嫲嫲比爺爺小七歲，也有七十二了。爺爺嫲嫲雖然歲數很大，不過外表看起來一點都不像實際年紀那麼大。爺爺有時染髮，挺時髦的，眼睛視力還不錯，什麼眼鏡都不需要戴。嫲嫲頭髮黑裏摻少許灰白，閃閃發亮，出門則還稍微抹抹粉，打扮打扮，同樣，視力出奇的好，不必戴老花眼鏡。他們雙雙

參加一些老同學的聚會或屋邨組織的一日遊，幾乎形影不離。

平時，照顧好達林和妹妹雪英吃早餐、上校車之後，就會手牽手到附近的公園散步，有時還一起做着一些簡單的運動。

爸爸媽媽一早趕着上班，達林和雪英的生活起居都靠爺爺和嫲嫲。

爺爺會熱牛奶，嫲嫲負責為兄妹倆買麵包，偶爾還會做三文治。他們配合得很好，真像一對孖公仔。

這是他們可愛的地方，也是叫達林和雪英很感謝的事情。

讓達林和雪英感到討厭和不滿意的

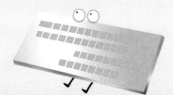

是，爺爺和嫲嫲有着一般老人家的毛病，
一句話講個不停，非常囉嗦。

　　例如，早上上學，他們送兄妹倆到樓
下馬路邊校車停泊處，看到他們上車後，

總是囑咐「走路小心，聽到沒有？」；回到家，總是說：「先做完功課，才可以看電視。知道嗎？」兄妹倆開冰箱取飲料喝，嫲嫲會說：「不要喝太多，晚上都吃不下飯了！」看到他們坐在沙發上，姿態不夠端正，爺爺會說：「不要養成壞習慣，一點禮儀都沒有⋯⋯」達林和雪英覺得爺爺嫲嫲管他們管得太多而且也太嚴了，太令人討厭呀！

還有，爺爺嫲嫲也許覺得時間太多了，也可能受老校友影響，開始要學電腦了。講要學電腦的事，就嘮嘮叨叨了大半個月。

一天，爺爺說：「林林，你爸給我

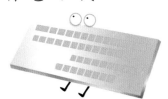

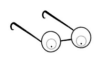

和嫲嫲買了一部小電腦，教教我們怎樣用吧！我們想看看電子報紙、網上新聞呢。」

嫲嫲站在爺爺身邊，也說：「我也要學，一起教教我們吧。」

達林說：「嫲嫲，你想學什麼呢？平時你也不大看報紙呀！」

嫲嫲說：「我們校友中有幾個可以通過電郵和在外國的女兒孫子聯繫。我有幾個好朋友在加拿大生活，打長途電話好貴，我想用電郵聯絡，打字、發電郵嫲嫲都不會。」

雪英說：「現在智能手機可以設定微信什麼的，也不要錢。」

爺爺說：「我們還沒有智能手機，先用電腦學學吧。」

達林只是笑笑，沒有答應，他知道爺爺嫲嫲在很多方面很能幹，但多年來很少接觸科技產品，從來不摸相機啦、電腦啦、音響啦……可以說是標準的電腦盲，未必容易那麼快學會，而且平時學校的作業功課那麼多，他哪裏有空去教他們呢，但他不想令爺爺嫲嫲失望，就回答：「最近作業多，就等我作業較少的時候吧。」

過後，爺爺嫲嫲幾次拿着電腦，想來求教，都見到達林在埋頭做功課，就不敢打擾。

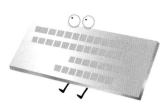

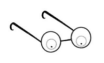

　　這一天，爺爺見到達林做完作業，用電腦玩電子遊戲，就說：「林林，現在可以教我們了吧？」 達林見狀，沒辦法逃避了，就說：「我們到客廳吧。」

　　飯枱比較寬敞，達林坐在中間，爺爺

和嫲嫲分開坐在他左右。達林教得很快，爺爺嫲嫲沒有記住，要他再重複和示範一次，達林已經不耐煩了。他想了想，可能這就是年齡的關係了，年紀大了學什麼都很慢！

於是達林建議：「爺爺嫲嫲，我的方式就是這樣，同學來請教我，我都是那麼快的，我教一遍他們都明白了！這樣吧，我看你們請你們校友中懂電腦的人來教你們可能比較好！也比較合適。」

嫲嫲說：「我們的朋友都忙各自的事，不一定有空呀！」

爺爺說：「那我們自己再摸索一下

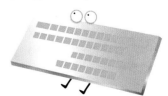

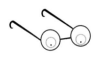

吧。」

　　附近有家青少年中心，開設了各種輔導班，興趣班，有繪畫班、唱歌班、語文班、電腦班。有次達林和妹妹雪英在他們的小圖書館看書，林林操作電腦時速度好快，引起了負責人張老師的注意。他問達林願意不願意在電腦班當電腦老師的助手？達林滿口答應。最令他高興的是一個學程結束後中心會送他三百元的書券，作為獎勵。

　　回家後，他把這個消息告訴爺爺嫲嫲。他們都很高興，表示支持。

　　爺爺問：「助手，做些什麼呢？」

達林說：「幫忙看看學員有什麼問題。」

嫲嫲又問：「用什麼時間呢？」

達林說：「下個月內的每星期六和星期天，下午4點到5點半。」

爺爺又問：「學員有限制多少歲和什麼人嗎？」

達林答：「沒有呀。」

爺爺嫲嫲稱讚他道：「好啊！我們的孫子聰明，都可以當半個老師了！」

看來爺爺和嫲嫲是不太滿意達林的，不然他們不會在背後這樣議論：

爺爺說：「林林其實有的是時間，只

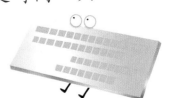

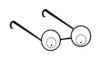

是嫌我們老了，學得慢，不耐煩！」

嫲嫲說：「沒錯，一定是這樣的啦。不過，現在不少小孩子心急，肯安下心學習、安下心教人的，越來越少了！沒關係，我們慢慢自己摸索，再請教朋友吧。」

爺爺趨近嫲嫲的耳朵，講了一番悄悄話，嫲嫲笑了起來，爺爺也笑了起來。

周末下午，達林提早到青少年中心去。上課時，授課的陳老師請他坐在近門口的第一排，說等一會學員自己操作時有什麼不明白的，他就加以協助。

達林看到一個教室坐得滿滿的，大約有二十幾名到三十名學員，大部分是

四五十歲的家庭婦女，個別的年紀比較大，有幾對老公公老婆婆，看來有六十幾歲了。坐在最後的是一對夫婦。男的戴鴨舌帽，黑框大眼鏡，嘴巴圍起一個大口罩。坐在他一側的婦人，也是一頂羊毛帽、一副淺紫色眼鏡，一個大口罩。他們兩人共用一部小電腦，樣子特別親密。

陳老師開始講課前，還特別介紹了李達林：「今天講解打字的基本知識，介紹打字的幾種常用的方式。等一會你們自己嘗試時，有什麼不明白的可以請達林協助！」

達林站起來向大家一鞠躬。

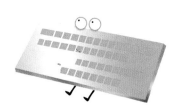

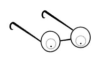

　　下半堂課達林果然很忙，大約有七八個學員向他求助，他積極耐心地為他們解釋和示範。沒想到時間過得很快，一堂課就那麼快地過去了。雖然只是當老師的助手，達林也有一種滿足感。

　　回到家，爺爺嫲嫲問他當助手的情況，他興高采烈地介紹起來，還對哪個學員聰明哪個學員愚蠢評頭品足起來。

　　第二周的星期天，達林上課回來，嫲嫲故意要求：「林林，爺爺嫲嫲也報名參加你們的電腦班怎麼樣？」

　　達林面露猶豫為難之色，說：「學員裏好像沒有年紀那麼老的。」他同時撒了

一個謊：「陳老師講解得很快，你們不一定趕得上呀。」

一個月最後一堂課的最後二十分鐘是派發成績表，陳老師有重要的會議要開，將派發成績表的事情交代個達林主持。

達林坐在講台前的小桌子後的小藤椅上，逐一叫名字，當他喊到他爺爺嫲嫲的名字時，嚇了一跳。

只見那坐在最後的，戴鴨舌帽、圍大口罩的男子向他走來，後面緊緊跟隨着他身邊那位也是戴淺紫色眼鏡和圍大口罩的婦人。他們走到他跟前。脫下帽子、眼鏡，脫下口罩，笑嘻嘻地久久看着他，那不是

爺爺嫲嫲又是誰？

　　只聽到爺爺說：「我們第一堂課就來了！」

　　嫲嫲說：「我們共上了八堂課啊！」

# 親子旅行團的一天

　　今年春季裏，趁復活節假期，小芳和小東姐弟倆參加了親子旅行團，雖然只是兩天，但真令他們難忘，不是吃喝玩樂而已，還讓他們見識了不少事物，真是既長了知識，又親近了大自然。

　　這家旅行社真好，每年都會組織一兩次「親子旅行團」，條件是以一家人為報名單位，還要父母要做足功課，尤其是動植物方面，必須有一定的知識，在子女有問題時給予必要的解答，即使沒問題也該

主動地與孩子們交流。

　　報名的家庭很多，一輛旅遊車三十幾人，有一半就和小芳小東年紀差不多。

　　他們到新開闢的城市近郊的「雲上」親子樂園。這樂園有樹木、各種花草果蔬，也有不少野生動物、家禽和飛鳥。小芳讀小學四年級，弟弟小東讀一年級，動植物方面的知識很少，動物了不起只是見過狗貓雞鴨幾種，其他就很少見了！

　　媽媽說：「樂園裏的動物區，還有一場『孩子和猴子』的表演，聽說很精彩！」

出發那天，小芳小東都很興奮，一大早就起身了。

　　正是春天的大好季節，百花部分沒有設館，只是用竹籬笆圍起。花園滿是杜鵑花、三角梅在熱烈地喧鬧、歡樂地開放。

它們洶湧如潮，大有佔滿空間之勢。杜鵑花居然白色、紅色、粉白嫩紅的開在一簇簇綠葉叢中，瓣含晶瑩露珠，也許那就是「嬌豔欲滴」形容的來源；三角梅最喜歡攀枝出牆，大片大片伸出籬笆或山村人家磚牆外迎風招迎；最需要人們仰視的是橙色的玉蘭，這罕見的品種開在還未吐出綠芽片葉的寒枝上。唯有驕傲的粉紅玫瑰寂寞地開在並不起眼的一角。

一朵朵曼陀羅好似吊鐘一樣垂下來，居高臨下地深情望着一簇簇的繡球花，真是生動好看。

還有向日葵、菊花、牡丹花、美人蕉、鬱金香、喇叭花、薔薇、蓮花。有個別的，因為生長條件和季節不同，就分別安排在不同的小館中……在一間大玻璃館內，他們看到蒲公英漫天飄降，真是好看。

小芳不斷用手機拍攝，也把那些寫上花名的木牌一起拍攝下來。媽媽也愛花卉，就陪小芳姐姐看花。

爸爸陪小東往前走，到動物區觀看。那裏有鐵籠子，關着兇猛的動物，有的只是用鐵絲網圈圍住，裏面生活着比較溫馴的動物，如羊、牛、長頸鹿之類。

爸爸這時在圈住大象的籬笆外站住

了，對着一隻隻龐然大物，問小東：「見過這動物嗎？」小東點點頭。

爸爸再問：「在哪裏見過？」

小東說：「圖書裏。」

爸爸再問：「大象可怕嗎？會吃人的嗎？」

小東點點頭，道：「可怕！會吃人。」

爸爸笑起來：「不對。一定是那本圖書沒教你，不然就是你讀到的有關大象的圖書太少了。大自然界的動物，牠的兇惡或溫馴，不是看牠的外表和體型，主要看牠的天性。大象身子笨重，像一架坦克，但在一般情況下，不會對人造成威脅！你不妨試試靠近牠，只要不要刺激牠，牠會對你蠻友愛的。」

「哦！」小東恍然大悟。

爸爸接着又帶小東走到一個用水泥牆圍起的小湖旁，有幾隻撐開長嘴巴的鱷魚一動不動的，爸爸問小東那是什麼，小東説是鱷魚。爸爸説：「對，這就是鱷魚，牠樣子醜陋、兇惡，性子也兇惡，會咬死人的。」接着爸爸講了幾個簡短的有關鱷魚的新聞，聽得小東津津有味。

　　爸爸又帶小東看毒蛇，看狼，爸爸説：「你看，這兩種動物體積比大象小多了，可是毒蛇很毒，一旦被咬，不及時搶救就會危及生命。野狼會對人類發動攻擊……」

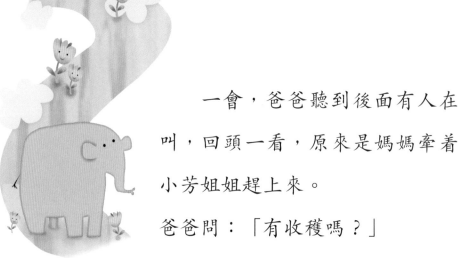

一會，爸爸聽到後面有人在叫，回頭一看，原來是媽媽牽着小芳姐姐趕上來。

爸爸問：「有收穫嗎？」

小芳姐姐高興地跳起來，說：「收穫好大！很多花的故事和知識書本都沒有，媽媽跟我說了！」

媽媽說：「小芳在一些書裏看過那些花，但經常過目便忘，今天見到了真正的花，一下就記住了，我考了她一遍，都說得沒錯！」

爸爸問：「小芳，你記住哪些花啦？」

小芳一口氣唸出來：「向日葵、菊花、

牡丹花、美人蕉、鬱金香、喇叭花、薔薇、蓮花、三角梅、玉蘭、玫瑰、繡球花、曼陀羅、蒲公英……」

「嘩！厲害！」小東讚歎。

爸爸說：「其他知識學得再多，可是遠離大自然，對與我們有密切關係的動物、植物、家禽……一點都不了解，那是不行的！」

媽媽說：「大自然是我們最好的老師，會教我們很多東西。」

爸爸看看錶，說：「『孩子與猴子』的表演節目時間還有一

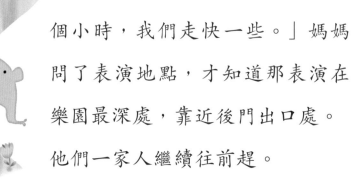

個小時，我們走快一些。」媽媽問了表演地點，才知道那表演在樂園最深處，靠近後門出口處。他們一家人繼續往前趕。

爸爸突然看到什麼似的，問大家：「你們知道智商最接近人類的是哪種動物嗎？猜中有獎。」

小東搶答：「海豚！」小芳姐姐喊説：「狗狗！」

爸爸説：「都不對！」

媽媽説：「我知道，一定是前面那──」媽媽指着前面左側的大鐵籠。

爸爸説沒錯，接着問大家：「你們知

道為什麼有的猩猩只是圈在較寬敞的草坡假山裏，有的囚在鐵籠裏嗎？」爸爸接着說：「那是因為有的訓練過，不會有什麼事，有的還是野性難改，非常兇猛，為了觀眾的安全就關牢牠們。」爸爸這時說了一段有關猩猩的故事，那是十幾年前，在東南亞，一個嬰孩被一隻猩猩從參觀的母親懷中奪去的慘劇。

他們繼續走，走到一個水非常清澈的湖邊，有不少鴛鴦、天鵝雙雙對對，樣子非常親密地在湖上遊戈，有時還親昵地你擦擦我的頸，我靠靠你的

身子，看得小東小芳都傻呆呆的，問牠們在做什麼？

媽媽笑起來說：「牠們很愛對方！」

「像爸爸和媽媽那樣相親相愛是嗎？」小東問。

爸爸說：「比爸爸媽媽還更愛！」

再走過去，就是飛禽區了。他們進了一個小門，就在長長窄窄的、吊起來的木板橋上觀看飛鳥。整個飛鳥區，就網在一個綠色的大網中。他們一家將動作放輕，拍攝了不少珍貴的飛鳥。在不遠的一棵樹的頂端，有個鳥窩，母鳥正在將捕捉到嘴

的蟲隻餵進雛鳥口中，母愛的情景看得大家都十分感動。

他們經過雞、孔雀、獅子區，媽媽出了題目考考姐弟倆，要他們辨別雌雄，結果又錯了！媽媽笑笑說：「人類嘛，是女人比男人漂亮。可是在動物世界就不一定了，有紅雞冠的，是公雞；有屏打開給你看的是雄孔雀；有鬃毛的獅子是雄獅，哈哈，恰恰你們都說反了呀！」

時間差不多了，他們走到了表演小屋，那裏已經有二三十名觀眾坐在一排排座位上，表演早就開始了。只見一個

約一歲多的嬰孩坐在一隻穿着紅色小背心的母猴懷中，猴子一手扶着嬰孩的頭部，一手協助嬰孩抓住奶瓶，正在為他餵奶。猴子臉部流露出關愛深情。表演雖然簡單，但觀眾的數碼機忙個不停，都嘖嘖稱奇。

結束之後，孩子的年輕母親簡要地介紹了孩子和猴子長久在家裏朝夕相處以致有了感情，才可能出現這一幕。觀眾都熱烈地鼓起掌來。

天色漸黑，華燈初上，小芳小東依依不捨地與爸媽走出雲上親子樂園，滿載而歸，請求爸媽有空再帶他們來。

姐弟倆內心不約而同地唸説：這個親子旅行團樂園真不錯！

# 友誼特使小咪

　　想不到小咪做了友誼特使！

　　「她」到「鄰國」訪問去啦。這一天上午，呂子明溫習好功課，從房間出來，就發現小咪失去了影蹤。他探頭看沙發底下，在客廳每一個放傢具的角落找了又到洗手間、廚房看了看，都沒有小咪。

　　子明着急得滿頭大汗。

　　就在這個時候，「妙！妙！妙！」的聲音忽從左鄰的屋裏傳來！他頓時心中一振。

小咪是他家養的小貓。他熟悉牠那又柔又嬌的叫聲。決不會錯的，那是牠的聲音。

　　子明走近自家的鐵門，將耳朵貼到門板傾聽，聲音確是從鄰居家發出來。這不能不使他緊皺眉頭了。

　　要是小咪是在外面走廊上貪玩，他早

就毫不猶豫地衝出去，把牠抱回來。可是，現在小咪竟是在月嫻屋裏！

月嫻和他在小四同班，很巧，搬來隔壁沒有多久。但開學三個多月了，子明當她「半個死對頭」，不願和她說話。事情本來也沒有什麼了不起，但她那好管閒事的毛病就十分惹人討厭。上課開點小差有什麼大驚小怪？偏偏她當了個小小班長，就喜歡向老師報告；期中試，他語文試卷上有題造句不會，那時她就坐在自己身旁，他的眼睛視線就轉了一個彎，向她的試卷斜斜地「瞟」去，也不過想方便方便、參考參考嘛，不料她的眼睛真厲害，人也怪

敏感的，霍地站起來報告，害得他不但給扣了分，還在全班同學面前丟了一次臉。好傢伙！馬屁精！

「我再睬她，我從此不是堂堂男子漢！」子明恨恨地想。從那時起，他在背後給她起了很多不雅的外號，在路上碰見，在電梯裏相遇，不但不打招呼，還指桑罵槐對她冷嘲熱諷⋯⋯ 月嫻為此事傷心地哭了幾次。她幾次主動地想對子明解釋並示好，都遭到子明拒絕⋯⋯

這時候，子明在自己家的客廳裏急得團團轉，想不出任何辦法來。

　　時間一分一秒地過去。看看牆上時鐘，小咪在隔壁作客已有個把鐘頭啦。子明感到不解：奇怪，小咪怎麼願意逗留在陌生人屋裏那麼久？牠平時是很怕生的。

　　「小咪已經這麼瘦弱，她會不會為了對我進行報復而虐待牠呢？」子明擔心地想……

　　他很想馬上去敲月嫻的門，但面子怎麼拉得下來？因為他已發誓不理她，再和她打交道的話，自己就不是堂堂男子漢了！

　　好不容易快到上學的時候，小咪終於出現在走廊，子明趕快讓牠進來。

子明怕牠餓壞了，準備下樓去超市買
貓糧給牠吃，可是當他將小咪抱在懷裏親
了親時，驀然發現在牠的左後腿繫有一張

小小的字條。他趕緊仔細看，那是字體很清秀的，沒有署名的兩句話：

「我已吃得很飽了，你不用再做午餐啦。」

子明摸摸小咪的肚子，果然鼓鼓的很飽滿。這一剎那間，子明的心情複雜了起來：到底應去罵月嫻多管閒事，還是該感謝她省了他的事？

暫時不去管它吧。就當沒有發生過這一回事。子明將字條丟進垃圾桶，便上學去了。

在班裏，月嫻似乎也顯得若無其事。

傍晚放學回來，子明發現小咪又失蹤

了。問過爸媽見到小咪沒有，他們都搖搖頭。不久，子明又聽到「妙妙」之聲從月嫻家傳來。

真糟。沒出息的東西！怎麼老往她家跑呢？小咪總不致於今晚不回家，在她家中過夜吧？萬一小咪不回家，厚着臉皮也要上門向月嫻要回來了！

晚上做好功課，又等了兩個多小時，小咪在門口妙妙叫了。

牠照樣是吃了晚餐才回來。

好幾天，小咪總是天天偷偷地往月嫻家跑。牠有很多外溜的機會。因為瘦小，只要木門忘了

關上，牠就會從鐵條之間的空檔鑽出去，到月嫻家做客、吃三餐。

子明逐漸放心了。他相信月嫻一定也愛貓，早就忘掉了以前他和她之間所發生的不愉快的事了。他應該感謝她才對。但怎麼當面跟她說呢？一想到那情景，他就會臉紅。還是寫張字條，照着上次她的方法，托小咪捎過去吧。

子明只寫了「月嫻同學：謝謝你照顧、疼愛我家的小咪。」他開了門，小咪就蹦跳着，在月嫻家鐵門口「妙妙」叫個不停了。子明聽到月嫻開門讓小咪進去的聲音。

「她一定看到那張字條了。」子明這

麼想的時候，電話忽然響起來，他接來聽，
吃了一驚，竟是月嫻的聲音：

「子明，你可以打開你的鐵門了！」

「為什麼？」子明還不明白。

「小咪今天不好再讓牠從鐵條中間鑽
回去了。我看牠現在已經長得又胖又大，
要鑽得很辛苦了。」

嗯。小咪變了。以前自己總是苦惱，
小咪養不胖養不大，怎麼七八天時間而已，
在她家「寄食」就大得那麼快呢，像麵包
發酵似的？

「……對了，你到底給小咪
吃什麼呀？」子明情不自禁「不

恥下問」了。

　　「我看小咪好可愛又好可憐，牠那麼瘦。我想可能是你餵養方面少想辦法，我就試試買了最腥的魚，蒸熟後和飯團糅碎給牠吃，果然發現牠胃口很好……」月嫻很興奮地一口氣説下去。

　　「月嫻，我……」子明有點慚愧，也有點激動。

　　「動動腦，總會想出辦法的，」月嫻笑着，聲音那麼温柔動聽，「像上次語文考試，『友情』那題造句，只要多想想，不就可以想出『友情必須充滿諒解』這樣一句嗎？」

「我就去開鐵門。」子明說。

「只讓小咪進去？」

「我⋯⋯我也歡迎你來我家玩。」

子明放下電話去開門，在開門前，他心情有些緊張不安。他躲在鐵門後，從鐵門的縫隙偷偷觀察門外走廊上的月嫻和小咪。只見月嫻抱着小咪，正在他家門外來回踱步。小咪在她懷中乖乖的受她撫摸。

月嫻對小咪很有辦法，只是相處幾次，就充分了解到牠多麼喜歡人們梳理牠那毛茸茸的頭部，但小咪看到住慣的老家鐵門動了動，也許想家了，忽然從月嫻懷中跳了下來，看來牠一定是在以兩個前肢抓趴

鐵門，因為子明聽到鐵門發出了絲絲絲的聲響。他迅速開了門，便看到小咪果然站在門口，身後站着月嫻。子明望她一眼，臉孔便發熱了，因為他頭次發現她那好管閒事的面容並不惹人厭，相反，是那麼的可親和可愛。

　　想不到瘦小的小咪，做了他和她的友誼特使！

# 老爸的神秘地下室

　　爸爸有一間地下室，室門鎖得緊緊的。我覺得很神秘。我小時候一直不敢問爸爸媽媽，地下室裏面是否有可怕的事物。

　　相信你也很想打開我老爸這神秘地下室的門，看看裏面藏着什麼吧。

　　自從我懂事起，就住在這間屋子。我經常看到爸爸從十幾級的階梯走下去到那地下室，行動神神秘秘的，舉止小心翼翼的。我不敢問爸爸，這地下室是不是他的工作室？我覺得十分奇怪。爸爸只是走進

去一會，很快又走出來，鎖住。

來過我們家的同學都説，我們住的房子很大，擁有兩層，他們住的只有一層，而且地方狹窄。也許因為爸爸做生意的關係，我們的生活比不少同學的家庭富裕，因此住的也比別人寬敞，還有一個地下大廳。

除此之外，我們家裏還請了一個叫貝姨的女工，她做些家務和照顧我。

這地下大廳除了爸爸那間地下室外，還有一個不小的大飯枱，供人喝茶談天；一個大銀幕電視，供親友看世界盃和其他電視節目，另一邊是好大的沙發，可以坐

七八個人。最特別的是那飯枱，是一棵大枯樹切下的，還保持樹木的彎曲形狀和年輪。我下去過幾次，但那間緊閉的地下室，我就沒進去過。

我小時候，爸爸媽媽不喜歡我到地下大廳玩，一方面怕我從階梯走下去時摔倒，另一方面那裏有不少插電的插蘇、電線、煮着水的熱水爐等東西，爸媽擔心我不安全，我也害怕，也就很少有機會到下層去。

爸媽是雙職工，媽媽要幫爸爸，白天也要到公司去。不忙的時候媽媽去半天就回來。

當然，作業做完，無聊的時

候，我也會想進地下室看看。「貝姨，你有沒有地下室的鑰匙？」有一次，我對貝姨提出要求。貝姨搖搖頭：「你爸不讓人進去，鑰匙自己抓。」貝姨總是說。

從小，我的玩具數量都是全班第一。忙碌的爸爸媽媽很少有時間陪伴我，唯一能做到的就是買玩具滿足我，尤其是媽媽。從好多年前的那些木頭汽車到電動小狗、電動猴子，各種遊戲棋、拼圖，到各種卡通人物模型、叮噹、機械人變形車、蜘蛛俠變形車、超人……一直到各種電子遊戲，我什麼都有。

班上不少同學羨慕我，都喜歡到我們

家一起做功課，做完就玩。因為什麼都齊全，七八個同學來我們家，家裏也就全面開花，玩具散得一地都是，很亂，每一次都像經歷了一場戰爭，搞到貝姨頭都大了，收拾得很辛苦。

我也是出名的「破壞王」，價錢不便宜的玩具，玩沒幾天就玩厭；有的拆開後無法重組安裝，我一怒之下就摔在地上，成為幾十塊碎片；我也喜歡「惡作劇」，有的公仔臉上給我塗得花花的，又缺手斷腳的……

媽媽因為對我的要求從來都是有求必應，我也就要媽媽給我

買這買那。一旦有新玩意上市，我很快就知道：見到同學得意地向我誇口最近擁有什麼新玩具，我就會向媽媽吵着。媽媽心軟，最初會說：「沙沙！你玩具那麼多了，不要買了！」但我要求得很堅決，我大聲說：「我要買！」我除了用哭作為武器外，還故意把作業擺在桌子一邊不做。媽媽見到我那樣，馬上退讓了，說：「好，好，好，明天我們去買吧！明天我們去買！」

於是，我又有新玩具了！

這一晚，爸爸媽媽在房間裏說悄悄話，雖然很小聲，但聽得出他們似乎對於買玩具，意見不同。

爸爸問：「又給沙沙買新玩具了？」

媽媽說：「我看他的同學有，他沒有，老是去羨慕人家，也不大好，我昨晚帶他上街買了！」

爸爸說：「玩具越出越多，也越出越新，那是玩不完的。而且那麼快玩壞，又為他買新的，沙沙他就不懂得什麼叫珍惜、節約！」

媽媽說：「你說的雖然也有道理，但看到沙沙那樣又哭又鬧，又不做作業，我於心不忍啊！白天我們倆都到公司辦公，很少時間在家陪他，我就想在買多一點玩具方

面補償他。」

爸爸歎氣道：「你就是這種思想，把沙沙寵壞了。」

媽媽不作聲，好一會才說：「沙沙比較聽進你說的話，你就勸勸他吧，不過要溫和點，不要讓他心裏不快，影響他上學的情緒。」

爸爸說：「那好吧！我想用一些特別的方法，改變他！」

爸爸說完，走出房間，我以為他要罵我了！趕緊跑到書房裝着溫書。爸爸沒有罵我，只是把我叫到客廳，我見到飯枱上堆滿了七八種玩具，有變形俠、遙控車、

組合機械人、各種魔方……

　　爸爸說：「沙沙，你看到了沒有，這些都是媽媽最近一個月來為你買的玩具，沒幾天都給你玩厭、玩壞了！爸爸都是從準備丟棄的紙箱取出來的，有的只要用萬能膠粘合一下，完全跟新的一樣！」

　　說着，爸爸把一個組合機械人的零件拆開又安裝，對我說：「這個只買來幾天，你就丟棄了。其實它手臂的一個小零件丟了，不影響安裝啊，還可以玩的。」啊，我看到爸爸手勢好熟練，沒一會就安裝好了，我大大吃了一驚。

111

爸爸見我大驚小怪，對我説：「爸爸小時候也是安裝快手。電視遊戲現在偶爾也還玩，輕鬆一下，為自己減減壓力！」

我説：「我哪裏會修理！」

爸爸説：「什麼事都要慢慢學。難的可以請別人修或給爸爸看看，容易的可以自己慢慢學。」

這時媽媽從房間走出來，對我説：「沙沙，你現在是小三，九歲了，你算一算，為你買了多少年的玩具了。從你還是嬰孩階段開始買嬰孩玩具算起，到現在也有八九年了。八九年的玩具累計起來是很可觀的。玩具雖然是身外物，也應該物盡其

112

用，能修理的就修理，玩過、不想再玩又沒壞的，可以捐出去，給需要的孩子。你說對嗎？」

這些話，我只是聽進去一半。現在一切都電腦化、電子化，人人都在玩手機，到處都是「低頭族」，人人都不願意落後，

連我們鄰居那在幼兒園讀高班的小孩子都有一部幾千元的 IPAD ！我發了一通牢騷。心想，我玩具多又算得了什麼？

星期天上午，爸媽帶我去香港歷史博物館參觀，那裏有一個名為《時代與玩具的變遷》的特別展覽，因為展覽只有二十天，爸爸媽媽認為大家有必要開開眼界，就帶我去參觀。

我看到了四十至五十年代的香港，民風純樸、社會單純，有些木屋區的屋子是那麼簡陋破爛，有一組照片是介紹當時的兒童玩具的，看得我傻傻的。那時的孩子玩玻璃丸子、木彈弓、旋轉陀螺、地上畫

線的跳飛機、放風箏……就再也沒有其他
東西了！

爸爸媽媽看了很久，沒有籍此教訓我
什麼；反而我自己看了心裏很不好受。歲
月過了半個世紀，現在玩具產品特別豐富，
我們也不該那麼大手大腳，那麼浪費啊！

中午我們在茶樓飲茶，爸爸請了一位
好年輕的玩具設計家王能，還介紹我認識，
讓我叫他「王能哥哥」，說以後玩具有什
麼問題、壞了……可請教他。這
個王能哥哥童趣十足，當場表演
一個小魔術給我看。

下午爸媽又帶我到新界元朗

一家幼兒園參觀，順便探望在那裏當班主任的李老師。這家幼兒園不大，校舍也很陳舊了，大約共只有七八十名幼兒。一個班只有二十來名。我們在窗口、門口參觀。她們在玩遊戲，圍圈圈，一隻布製的小熊貓在她們的小手裏傳遞。整個教室的玩具我數了一下，至多只有十種，而且都很舊了！啊，我明白了爸媽的苦心！雖然他們一句話都沒說。

好些日子了，我不好意思再吵媽媽買玩具。

有一晚，媽媽對我說：「沙沙，爸爸說，你凡事懂得珍惜、節約的話，不但一輩子

不會窮，而且養成好習慣，對社會有益啊。
為了獎勵你的進步，今晚，他要送你一份
神秘的大禮物！」

「啊？為什麼是今晚？」我感到驚奇。

媽媽大笑起來說：「你已經一個月沒
吵買玩具了。今天是第 31 天呀！而且，今
天正好是你的十歲生日！」

一會，爸爸露出神秘的微笑，讓媽媽
和我跟着他下到地底大廳。

地下室今晚沒鎖，爸爸輕輕
地扭開了，裏面一片黑暗。突然，
不知誰「噼啪」一聲，將電燈開
關開了。剎時室內爆發了熱烈的

鼓掌聲，隨着節拍，還有人唱起了生日歌，室內中央一張枱上擺着一個中型蛋糕，燈光下，映着我班上五位同學的笑臉。

燈火通明中，我看到這地下室約有150英平方尺大小，四周都是猶如書架的木架子，上面擺滿了各種玩具。擺的、拼的、電動的、可拆可組的、打的、按的、玩的……琳瑯滿目，眼花繚亂。

爸爸説：「這個迷你玩具店就送給你。上面是你五年來玩厭玩壞的玩具，有的爸爸修好了，有的請王能哥哥修好！大大小小有 79 件！」

我大吃一驚。

那以後的幾年，我再沒吵買玩具了，我好奇地將那些玩具一件一件地從頭玩起，好久好久，還沒玩完哩。

　　這，就是我老爸那神秘地下室的故事。

# 作家分享・我想對你說

每一位作者，寫一篇故事、小說，都有他的目的。有的作者不承認，認為「目的」就是「說教」。其實，這是兩回事！「說教」是指故事裏用了很多篇幅宣揚大道理、敘述語氣充滿教訓人的味道；而「目的」卻是一篇故事的主題，隱藏在故事情節和人物行動裏。換句話，也就是說，在這篇故事裏，「我想對你說」些什麼呢？

這本書的七個故事，大部分寫法上都帶有一些懸疑性。畢竟內容都貼近生活，要吸引讀者來看，就要從一開始就吸引大家來讀。更重要的當然是身為作者的我想對你說的話了。

社會上有壞人，但也有不少好人，而且還是好人居多。我們生活條件好，感到了幸福，但我們的社會還有很不幸的人。我希望我們在可能的條件下，付出我們的關懷和愛心，盡量去關心、溫暖他們。《小梅是誰》就是這樣的故事。

身為兒女，我們關心一下父母的事業或每天的工作、情緒是很應該的。因為正是他們辛勤工作才可能換來我們的溫飽，才可能讓我們安心地讀書。為此，我寫了《今晚好月色》。

讀書，誰沒有壓力？考試，誰不緊張呢？有的父母非常嚴厲，希望兒女科科滿分，全班第一。但是在《初春的夜晚》裏，一家人關心的不是華仔考試的分數，而是在考試期間的行蹤，

儘管他的其他科目只是及格，母親還是非常高興，為他的盡力而感動。

科技發展神速，電腦技術普及，年輕一代學習、掌握電腦操作一般都比長輩們快，有不少爺爺嫲嫲為了趕上時代，充實晚年生活，也學電腦，但遇到困難求助於孫子孫女時，孫子孫女們往往不耐煩，於是我寫了《一對孖公仔》，希望對小讀者有所啟發。

在《親子旅行團的一天》中，我以散文化的筆觸，用了許多篇幅描述大自然的種種美麗景象和不少動物、飛禽的習性，希望我們的小朋友對另一個世界多一份了解，多走出家門、多親近大自然。

《友誼特使小咪》雖然主角是一隻小貓而已，通過月嫻和子明的來往，想說的是我們在社會上，人與人之間應該互相愛護和諒解。

最後是《老爸的神秘地下室》，想對你說的是；我們應該珍惜今天豐富的物質生活和精神生活，應該勤儉過日子，因此我設計了那樣一個故事，希望人們對浪費現象有所警惕。

以上就是我要說的。

——東瑞

## 仔細讀，認真想

　　看完本書之後，你心裏有什麼感想或收穫呢？請結合下面的思考題，仔細想一想。

1. 你關心過父親或母親的工作嗎？你認為他們的事業、工作和自己的讀書、生活有關係嗎？為什麼呢？

2. 假如你遇到《小梅是誰》故事裏的事情，接到一個素不相識的老人的電話，你會怎樣做呢？

3. 如果你的學業成績有好幾科不及格，你會採取什麼樣的態度對待？會放棄還是如同華仔那樣，積極地溫習、努力地力爭上游？

4. 如果你的爺爺嫲嫲是電腦盲而有求於你，你會如何對待？

5. 你的生活，除了每天上課外，在星期六、星期日、假期裏，會有些什麼活動？您認為這些活動有什麼好處？你喜歡大自然嗎？為什麼？

6. 在學校，你和同學鬧過別扭嗎？後來是怎樣解決的？你認為交朋友的原則應該是怎樣的？

7. 如果父母覺得你的各類玩具已經夠多，你買玩具的要求被婉拒，你會怎樣做？

# 勤思考，學寫作

　　小朋友，我們可以從作品中學習作者的寫作技巧，快來看一看，學一學吧！

## 1. 學習「肖像描寫」

　　**書中例子**：老人一臉黃黃的病容，眼袋塌拉浮腫，臉頰瘦削，頭額上的皺紋非常多。每一條都好長好深，好像縮小了的地圖上的那些河流的支流。他的眼睛灰蒙暗淡而無神，無數血絲布滿在眼白上，牙齒幾乎全掉光了，張嘴時只看到兩三顆牙齒。身上的衣服骯髒，有幾處破了。他那雙手伸出來時，顫抖個不停，令我不敢接近。他往我和媽媽臉上胡亂摸索時，我們更是嚇了一跳，仔細看，我們這時才發現老人眼睛是瞎的。（《小梅是誰》）

　　**賞讀**：這一段文字有選擇地寫了老人無神的眼睛、浮腫的眼袋、深刻的皺紋、牙齒、骯髒的衣服、顫抖的手……將一個可憐可悲的瞎子老人的樣子描寫出來，令人印象深刻。寫人物外表不需要全面，主要選出特點、有重點地來寫。

## 2. 學習「動作描寫」

書中例子：華仔手上捧着一本語文課本，合起來，雙眼緊閉，口中唸唸有詞，學着古人作詩時搖頭擺腦，顯然在背誦某些詩詞，當他背不出來時，就掙開一隻眼往課本偷看幾秒鐘，自己做了一下怪臉，又繼續背下去。背完，為了核對自己到底背得對不對，捧起書本，又慢慢地將那篇課文從頭慢慢讀一遍，最後，發現自己背得全對，他就滑稽地歪着上半身，用手掌將自己的屁股拍了一下，讚揚自己似的歎道：「怎麼背得那麼好！怎麼背得那麼好！」（《初春的夜晚》）

賞讀：動作可以表現性格，華仔天性樂觀好玩，最初與父母開玩笑，說要工作不要讀書，實際上暗中在努力，他躲在餐廳溫習備考，背書時模仿古人，搖頭擺腦，最後又大讚自己，打幾下屁股……這些好玩的個性都是靠動作的描寫表現的。